Charlotte Boisvenue

gr° 303

• Le troisième œuf •

L'auteur : Marie-Hélène Delval est auteur
de nombreux romans et histoires pour la jeunesse,
publiés aux éditions Bayard Jeunesse, Flammarion...
Pour Bayard, elle est également traductrice
de l'anglais (Les séries L'Épouvanteur
et La cabane magique, L'*Aîné*...).
C'est une passionnée de «littérature de l'Imaginaire»
et – bien sûr – de fantasy !

L'illustrateur : Alban Marilleau a étudié
à l'École Supérieure de l'Image d'Angoulême.
Depuis, il illustre des albums, de la bande dessinée,
et travaille pour Bayard Presse.
Ses ouvrages sont notamment publiés
aux éditions Nathan et Larousse. Pour représenter
l'univers magique des Dragons de Nalsara,
il s'est inspiré des ambiances qu'il fréquentait
déjà enfant, dans les romans de Tolkien.

© 2009, Bayard Éditions
© 2008, Bayard Éditions Jeunesse
Dépôt légal : juin 2008
ISBN : 978-2-7470-2624-6
Cinquième édition
Loi n°49-956 du 16 juillet 1949 sur les publications à destination de la jeunesse.

Imprimé en Allemagne par CPI - Clausen & Bosse

Marie-Hélène Delval

• Le troisième œuf •

Illustrations d'Alban Marilleau

bayard jeunesse

Les dragons de Nalsara

Cette histoire se passe au royaume
d'Ombrune, sous le règne du roi Bertram.
À deux heures de bateau du port de Nalsara,
la capitale, s'élève l'île aux Dragons.
On l'appelle ainsi car, tous les neuf ans,
deux ou trois dragonnes sauvages
viennent y déposer leur œuf.
C'est là que vit Antos, le Grand Éleveur
de dragons, avec ses enfants, Cham et Nyne.

Cham

Antos

Nyne

Une éclosion

— Papa ! Ça y est ! Les œufs sont en train d'éclore ! Ça bouge à l'intérieur !

Cham surgit dans la cuisine, les cheveux pleins de paille : cette nuit, il a dormi dans la grange. Il avait si peur de rater l'éclosion !

Nyne, sa sœur, saute de sa chaise, abandonnant ses tartines sur la table. Tout excitée, elle demande :

— Les petits sortent ? Tu les as vus ?

— Allons, du calme ! dit leur père, Antos. Les coquilles sont dures à briser. Cela peut prendre plus d'une heure. Assieds-toi,

Cham ! Reste à table, Nyne ! Vous avez tout le temps de prendre le petit déjeuner.

– Oh non ! proteste le garçon. Moi, j'y retourne !

– Je viens avec toi ! s'écrie la fillette.

Antos ne peut s'empêcher de sourire devant une telle impatience. Mais il la comprend : l'événement ne se produit que tous les neuf ans ; les enfants y assisteront donc pour la première fois. Lors de l'éclosion précédente, Nyne n'était pas née et Cham commençait tout juste à marcher.

Une heure plus tard, lorsque Antos rejoint la grange, il découvre son fils et sa fille agenouillés dans la paille, surveillant trois gros œufs. Deux sont beiges, piquetés de taches brunes ; le troisième est d'un beau gris bleuté. Celui-là, c'est Nyne qui l'a trouvé. Qu'elle était fière, le jour où elle l'a rapporté ! Elle était descendue au pied de la falaise, pour regarder la mer enfin apaisée après trois jours de tempête. C'est là qu'elle a déniché l'œuf gris, au milieu des galets.

Les vagues auraient pu le briser, la marée aurait pu l'emporter. Quand la petite fille l'a pris dans ses mains, son cœur a battu plus fort. De joie, bien sûr, mais aussi à cause d'une curieuse émotion, comme si la mer lui avait fait un cadeau…

Antos examine les coquilles, parcourues de minces craquelures. De temps en temps, un léger claquement retentit, et une autre fissure apparaît. À chaque fois, les enfants poussent un cri :

– Ça y est !

Mais les coquilles ne se brisent toujours pas.

– Pourquoi c'est si long ? s'énerve Cham.

Antos ébouriffe les cheveux de son fils en riant :

– Un peu de patience, mon garçon ! On a attendu ces œufs pendant neuf ans, on peut bien attendre encore quelques minutes pour les voir éclore !

Soudain, les œufs beiges s'agitent. Les fissures s'élargissent. Presque aussitôt, les coquilles volent en éclats, et deux petites têtes apparaissent ; des têtes à gueule carrée, recouvertes d'écailles vertes.

– Oooooh ! soufflent Nyne et Cham.

Sous leurs yeux émerveillés, deux bébés dragons sont en train de naître !

Une étrange créature

Les nouveau-nés s'extirpent de leur œuf ;
ils cambrent leur cou orné de piquants,
étirent leurs griffes, déploient leurs courtes
ailes. Et… ils se mettent à piailler telle une
armée de poussins affamés !

– Qu'ils sont mignons ! s'exclame Nyne,
attendrie.

Son frère et elle s'empressent de tendre
aux petits des lamelles de viande, qu'Antos
a apportées dans une assiette. Ils regardent,
amusés, les dragonneaux happer avidement
la nourriture et la déchirer à belles dents. Ils

se ressemblent beaucoup, sauf que l'un a les yeux verts, l'autre, les yeux dorés.

Tout à coup, Nyne se souvient du troisième œuf, *son* œuf. La coquille bleutée est à peine fissurée, et on n'entend plus un seul craquement.

La petite fille se tourne vers son père et lui demande d'une voix inquiète :

– Papa, pourquoi il ne veut pas éclore, le mien ?

Antos palpe la coquille ; il y pose son oreille. Puis il secoue la tête, désolé :

– Ce n'est pas de chance, Nyne. Ce sont des choses qui arrivent, tu sais. Ce bébélà…, je crois bien qu'il ne naîtra pas.

– Pourquoi ? s'écrie la fillette, au bord des larmes.

– Touche ! La coquille est toute froide ! Le petit était probablement mal formé. Il est mort, Nyne.

– Oh, non… !

C'est impossible. Cet œuf-là, il est exceptionnel ! D'ordinaire on ne trouve jamais d'œuf de dragon sur le rivage, son papa le lui a expliqué. Et son papa s'y connaît en dragons, il est le Grand Éleveur du royaume !

À la saison de la ponte – au début de l'été –, il surveille l'arrivée des dragonnes. Dès qu'elles sont reparties, il parcourt le flanc de la montagne où elles ont l'habitude de pondre. Il explore chaque creux de rocher pour repérer les œufs. Ce n'est pas facile, car ils ont la couleur du granite. Lorsqu'il les a trouvés, il les expose au soleil, en les calant bien avec des pierres. Ainsi, le vent ne risque pas de les faire rouler sur la pente et de les casser. Au bout de trente jours, il les rapporte à la ferme et les garde au chaud, dans la paille de la grange. Il ne reste plus qu'à attendre l'éclosion, qui se produit le quarantième jour. C'est ainsi que deux ou trois dragonneaux naissent tous les neuf ans. Quand ils sont devenus assez forts, ils sont envoyés à la dragonnerie royale, pour être dressés par un dragonnier.

Nyne berce l'œuf gris dans ses bras. Elle sent bien qu'il est froid. Pourtant, elle ne veut pas y croire. Cet œuf, elle l'a sauvé. Cet œuf, c'est un cadeau que la mer lui a fait. Le petit qui est dedans ne peut pas être mort. C'est impossible ; ce serait trop injuste !

La petite fille pleure, et ses larmes, de grosses larmes tièdes et salées, tombent une à une sur la coquille froide.

Soudain, elle sent… Oh, presque rien ! Juste un frémissement sous sa main. Le petit est vivant ! Il est faible, voilà tout ; trop faible pour s'extirper seul de sa prison de calcaire !

Alors Nyne décide de faire une chose défendue ; mais, si elle n'agit pas, le bébé va mourir, elle en est sûre. Elle court prendre un marteau sur l'établi de son père et, sans hésiter, elle tape sur la coquille. Elle cogne d'abord légèrement, puis de plus en plus fort.

Antos est occupé à laver les deux nouveau-nés. Lorsqu'il entend les coups, il se retourne et gronde sa fille gentiment :

— Voyons, Nyne ! Je te l'ai déjà expliqué : on ne doit jamais aider une coquille à se briser ! Le dragonneau resterait handicapé.

— Qu'est-ce que ça peut faire ? crie Nyne. Puisque tu dis qu'il est mort !

Elle donne un nouveau coup de marteau. La coquille éclate en morceaux.

Il en sort un flot de liquide à l'odeur d'algue, et une étrange créature apparaît.

Elle est minuscule, grisâtre. Ses courtes pattes sont si plaquées contre son corps mouillé qu'elle ressemble à un poisson roulé en boule. Elle entrouvre les paupières. Deux yeux minuscules, d'un bleu profond, plongent dans ceux de Nyne.

La fillette prend le petit être dans ses mains avec précaution. Elle murmure d'une voix tremblante :

— Je le savais, moi, que tu étais vivant !

Ce que Nyne éprouve, c'est beaucoup plus que de la joie. Car, pour elle, l'œuf gris n'est pas simplement un cadeau de l'océan : quand elle l'a trouvé, elle a pensé, dans le secret de son cœur, que c'était un cadeau de sa maman.

Nyne n'a pas connu sa mère, la belle Dhydra. Celle-ci est morte deux mois après la naissance de sa fille. Elle a disparu un jour de tempête, alors qu'elle était allée regarder la mer déchaînée du haut de la falaise ; une rafale de vent l'avait sans doute bousculée ; elle était tombée, et la mer l'avait emportée. Cham n'avait que deux ans, à l'époque.

Nyne contemple le drôle d'animal, qui s'étire dans sa main. Du bout du doigt, elle caresse la tête allongée du nouveau-né, son dos couvert de fines écailles lisses. Elle s'étonne :

— Oh ! Tu n'as pas d'ailes ? Tu n'es pas un dragon, alors ! De quelle espèce es-tu ?

Comme en réponse, la bestiole tend le cou, et une espèce de ronronnement roule dans sa gorge :

— Hrummmm ! Hrumm, hrummmm… !

On dirait qu'elle fredonne une mystérieuse chanson.

Des dragonneaux très costauds

Les dragonneaux sont des mâles aux belles écailles vertes. Antos est content. Le roi attend avec impatience des montures pour deux nouveaux dragonniers. Le Grand Éleveur sera payé… royalement !

Dès que les petits sont lavés et essuyés, Antos les enferme dans l'enclos préparé pour eux, une grande et haute cage, garnie de forts barreaux de fer. À l'intérieur sont disposées des plateformes de différentes hauteurs : elles serviront bientôt aux premières tentatives de vol des deux bêtes.

Cham ne quitte pas son père d'une semelle. Il est fasciné par les bébés dragons. Il demande :

– Comment on va les appeler ?

– Ce n'est pas à nous d'en décider, Cham. Seul leur dragonnier aura le droit de leur donner un nom. En attendant, ils seront Un et Deux.

Cham demande encore :

– S'il te plaît, je pourrai t'aider à t'en occuper ? Je leur porterai à manger, si tu veux.

Antos fronce les sourcils :

— Soit ! Mais tu devras être très prudent !
Ne laisse jamais la porte de l'enclos
ouverte ! Les petits dragons sont terrible-
ment rapides ; ils en profiteraient pour
s'échapper. Même s'ils ne savent pas encore
voler, on aurait beaucoup de mal à les
rattraper.

Cham promet d'un ton solennel :

— J'y veillerai, papa.

Antos hoche la tête en souriant ; la requête de Cham lui fait plaisir. Qui sait ? Plus tard, peut-être son fils deviendra-t-il à son tour éleveur de dragons ?

Nyne les a écoutés, sa bestiole serrée contre son cœur. Elle lui dit alors à voix basse :

– Heureusement que tu n'es pas un dragon, toi ! Sinon, on t'aurait enfermé dans cette affreuse cage ! N'aie pas peur, je te garderai toujours près de moi !

Le petit la regarde en clignant ses yeux bleus. Puis il se roule en boule dans les mains de la fillette et il s'endort.

Le soir, au souper, Cham interroge son père. Il ne s'est pas vraiment intéressé au métier d'éleveur de dragons jusqu'alors. Maintenant, il est empli de curiosité :

– Les dragonnes qui pondent sur notre île, papa, d'où viennent-elles ?

Antos hausse les épaules :

– Personne n'en sait rien, Cham. J'ai rencontré un jour un vieux marin. Lorsqu'il n'était encore qu'un jeune mousse, le bateau sur lequel il naviguait avait été poussé par une tempête sur un océan inconnu. Il m'a juré avoir vu au loin une haute montagne rocheuse, perdue dans la brume. Et tout autour volaient d'immenses créatures aux ailes membraneuses. «C'était le Royaume des Dragons, Antos!» me répétait-il.

– Il est où, ce Royaume des Dragons?

– Le vieux l'ignorait. Le bateau a sombré, tous ses mâts brisés par la tornade. Lui, il avait pu sauter dans une chaloupe; il a été le seul rescapé. Il a dérivé pendant des jours, sans boire ni manger. Quand un navire marchand l'a enfin recueilli, à moitié mort, il délirait. Alors, son Royaume des Dragons, tu sais, ce n'était sans doute qu'une hallucination!

– Pourtant, les dragonnes arrivent bien de quelque part…, reprend Cham, songeur.

– Évidemment! Et je suppose que de petits dragons sauvages naissent aussi ailleurs. En tout cas, cette île est le seul lieu du royaume d'Ombrune où deux ou trois dragonnes viennent pondre, au début de l'été. Elles choisissent toujours le flanc rocheux de la montagne – le plus chaud, celui qui est exposé au sud – pour y déposer leurs œufs. Après quoi, elles s'envolent et repartent vers leur mystérieux territoire.

– Mais…, questionne Cham, il n'y a pas de dragonnes, dans les escadrons royaux ?

– Si, bien sûr. Il y a neuf ans, nous avons élevé un mâle et deux femelles. Seulement, on ne sait pas pourquoi, ces créatures ne se reproduisent pas lorsqu'elles sont domesti-quées.

– Comment es-tu devenu Grand Éleveur, papa ?

– J'étais fermier – je le suis toujours, d'ailleurs. Et je vendais une partie de mes bêtes au château, pour nourrir les dragons du roi. À cette époque, les bébés dragons naissaient seuls, sur cette île inhabitée, et la plupart mouraient parce qu'ils ne trouvaient pas assez de nourriture. Avec seulement deux ou trois éclosions tous les neufs ans, la caste des Dragonniers ne pouvait se développer. C'est alors que Dhydra, qui n'était pas encore votre maman, a suggéré qu'on s'installe ici, et que je devienne Grand Éleveur. Elle s'intéressait beaucoup aux dragons.

Nyne intervient, étonnée :

– Maman ? Elle s'intéressait aux dragons ? Pourquoi ?

Antos se tourne vers sa fille et soupire :

– Je ne l'ai jamais su, Nyne. Votre mère était une femme… surprenante !

Il se remet à manger en silence, et les enfants n'osent plus l'interroger. Car Antos parle rarement de son épouse. Et, lorsque le vent hurle autour de l'île, que les vagues s'écrasent avec furie contre les rochers, l'éleveur de dragons est d'une humeur aussi sombre que la tempête. Sans doute se souvient-il de celle qui, un jour, lui a enlevé sa belle Dhydra…

4
Un jeune éleveur très doué

Cela fait quatre jours que Cham apporte chaque matin leur nourriture aux deux bêtes. Elles se jettent sur les morceaux de viande crue avec des grognements affamés. Et, chaque matin, le garçon les trouve un peu plus grosses. Ça se développe vite, les dragonneaux !

Nyne, elle, veille sur le troisième petit. Avec un vieux torchon, elle lui a fabriqué une sorte de hamac, dans lequel elle le trimballe partout, blotti contre sa poitrine. Comme il refuse la viande, elle le nourrit d'une bouillie de lait et de blé. Mais le bébé grandit à peine. La petite fille s'inquiète, parfois. Pour se rassurer, elle se dit qu'il est d'une autre espèce, voilà tout. Quelle espèce ? Mystère ! Son père lui-même n'en sait rien.

– Je n'ai jamais vu d'animal de ce genre, Nyne, lui a-t-il avoué. C'est probablement une créature marine. Tu as trouvé son œuf dans les galets de la plage et, regarde, il a les pattes palmées, comme celles des mouettes et des goélands, des pattes conçues pour la nage. Tu devrais peut-être le ramener sur le rivage.

Nyne a hoché la tête sans un mot.

Depuis, elle repense souvent à cette conversation. Elle sait que son père a raison. Pourtant, elle ne veut pas emmener le petit près de la mer, pas tout de suite. Elle craint qu'il se jette dans l'eau et qu'il disparaisse. Elle aurait trop de chagrin de le voir s'en aller…

Le cinquième jour, Cham entre dans la cage. Il jette des morceaux de viande par terre en appelant :

— Petits, petits, petits !

Aussitôt, les dragonneaux se précipitent. Ils se bousculent, ils grognent, ils claquent des mâchoires. Et, pour la première fois, ils…

Ça alors ! Un peu de fumée sort de leurs naseaux, et de minuscules flammèches luisent dans leur gueule !

Cham se recule et crie d'une voix stridente :

— Papaaaa ! Viens viiiiite !

Antos bondit hors de la bergerie. Il rejoint son fils dans la cage et demande, un peu inquiet :

— Quelque chose ne va pas ?

— Non ! Enfin, si… ! C'est Un et Deux, qui… Ils commencent à cracher du feu !

— Déjà ! s'exclame l'éleveur de dragons. Ils sont vraiment costauds, ces deux-là ! Ils pourraient bien donner du fil à retordre à leurs dragonniers !

Cham regarde les deux bêtes, fasciné. Il les imagine l'une et l'autre, devenues énormes, filant dans le ciel, les ailes déployées. Sur leur dos, un dragonnier caparaçonné de cuir tient les rênes. Les dragons plongent en piqué vers un champ de bataille. Un flot de flammes rouges jaillit de leur gueule ouverte, et…

– Cham ? Tu m'écoutes ?

Le garçon sort de sa rêverie :

– Je… euh… Oui, papa !

– À partir d'aujourd'hui, c'est moi qui nourrirai nos pensionnaires ; ils vont devenir dangereux.

– Oh, non ! proteste Cham. Je n'ai pas peur d'eux, tu sais ! Ils me connaissent, maintenant. Ils ne me feront pas de mal. Laisse-moi continuer à m'en occuper ! Papa, s'il te plaît… !

– Écoute-moi bien, Cham : les nourrir ne suffit plus ! Il me faut à présent les préparer à voler. Ils sont assez forts pour cela, et…

Le garçon lui coupe la parole et enchaîne à toute vitesse :

– Je sais, papa ! Je les ai bien observés, en cachette, pour ne pas les déranger : ils essaient de sauter sur les premières plateformes. Tu as beaucoup de travail, en ce moment, avec toutes les brebis qui ont eu leurs agneaux. Moi, je peux passer plus de temps avec les dragonneaux ; je les entraînerai. Ils vont vite progresser, j'en suis sûr, et…

Il s'arrête pour reprendre haleine. Son père en profite pour objecter :

— Et tu laisseras ta sœur s'occuper seule des poules et des cochons ? C'est pourtant votre tâche à tous les deux, à ce qu'il me semble !

— Oh, non… Je l'aiderai, comme d'habitude, je…, bafouille Cham.

Il se tait, un peu gêné. C'est vrai que, depuis la naissance des petits dragons, il n'entre presque plus jamais dans la porcherie ni dans le poulailler !

Antos fixe le garçon d'un air sévère, mais c'est pour déguiser sa satisfaction : pas de doute, son fils a toutes les qualités pour devenir éleveur de dragons !

Après un temps de réflexion, il accepte :

— Soit ! Seulement, désormais, tu enfileras une combinaison de protection, résistant au feu ainsi qu'aux coups de griffes et de dents. Je vais t'en tailler une dans un de mes anciens équipements de travail.

— Merci, papa ! s'écrie Cham, fou de joie.

Un nom pour le petit

Nyne regarde son père et son frère refermer la porte aux barreaux de fer. Elle a écouté leur conversation, de loin. Car elle n'ose plus s'approcher de la cage ; ces créatures l'effraient ; elles se développent trop vite. Elles ne sont sorties de leur œuf que depuis cinq jours, et elles ont déjà la taille d'un gros mouton ! Leurs gueules sont garnies de crocs impressionnants, leurs pattes, de griffes acérées. Et voilà qu'à présent elles se mettent à cracher le feu !

Et puis, Nyne est un peu jalouse. Depuis

que les dragonneaux sont là, Cham ne s'intéresse qu'à eux. Il ne joue même plus avec sa sœur. Quant à donner du grain aux poules et des épluchures aux cochons… Il préfère nourrir ses deux monstres, évidemment !

Aussi, quand son frère passe près d'elle, elle l'imite en se moquant :

— « Petits, petits, petits ! » Hé, Cham ! Ce sont des dragons, pas des poussins !

Le garçon ricane :

— Et toi, ton animal, c'est quoi ? Un poisson à pattes ? Et pourquoi il ne grandit pas ? À mon avis, tu devrais le ramener où tu l'as déniché ! Il est sûrement fait pour vivre dans la mer. Si tu le gardes avec toi, il finira par crever.

Les larmes aux yeux, Nyne réplique :

— Un poisson à pattes, ça n'existe pas ! Et lui, au moins, il est gentil ! Pas comme tes deux affreux qui essaient sans arrêt de te mordre !

— C'est parce qu'ils aiment jouer ! rétorque Cham. Et puis, c'est normal : ils deviendront de grands dragons de combat !

Le garçon continue d'un air important :

– Notre roi Bertram a besoin de montures pour ses dragonniers. En ce moment, le pays est en paix. Mais, en cas de guerre, les dragons sont un élément redoutable de l'armée royale ! C'est papa qui me l'a expliqué !

Nyne hausse les épaules :

– Parce que tu trouves ça intéressant, la guerre ?

La petite fille est si énervée qu'elle tourne les talons.

Avant, elle n'avait jamais de vraies disputes avec son frère, juste de petites chamailleries. Tout ça, c'est la faute de ces horribles dragons ! Vivement qu'on les envoie au palais du roi, qu'ils en soient débarrassés !

Cependant, ce qu'a dit son frère la tourmente. Nyne l'a compris : son petit compagnon ne peut être qu'une créature marine. Et si Cham avait raison ? Si le drôle d'animal finissait par mourir parce qu'il n'est pas dans son élément, sur la terre ferme ?

La fillette veut en avoir le cœur net. Elle décide de descendre sur la plage avec lui. On verra bien s'il veut plonger dans la mer ou rester avec elle !

Arrivée sur le rivage, Nyne pose son protégé sur les galets, le cœur battant. Va-t-il s'enfuir, piquer une tête dans l'écume et disparaître ?

L'animal allonge le cou, hume l'air salé. Il court vers l'eau, tout pataud, sur ses pattes palmées. Nyne a très envie de le rattraper, de le reprendre dans ses bras. Pourtant, elle n'a pas le droit de le laisser dépérir après l'avoir sauvé. S'il a besoin de la mer pour vivre, alors, qu'il retrouve la mer !

Et la petite fille le laisse aller en retenant son souffle.

Soudain il s'arrête, le museau levé. Le regard fixé sur l'horizon, il chantonne :

– Hrummm ! Hrumm, hrummmm… !

Puis il tourne son long cou pour regarder Nyne.

Elle le rejoint, caresse du bout du doigt le dos couvert d'écailles lisses et murmure :

– Tu veux bien rester encore un peu avec moi ? C'est ça que tu me dis ?

Le petit cligne des paupières comme pour approuver, et la fillette se sent heureuse et triste à la fois. Heureuse de pouvoir garder encore quelque temps cette étrange créature ; triste parce qu'elle devine qu'un jour elle s'en ira. Pas aujourd'hui, non. Mais, un jour, elle plongera dans la mer et disparaîtra.

– Hrummm ! Hrumm, hrummmm… ! chantonne la bestiole de sa douce voix de gorge.

À cet instant, Nyne trouve un nom pour ce petit-qui-n'est-pas-un-dragon. Il s'appellera… Oui, c'est cela ! Il s'appellera Vag.

Comme une vague…

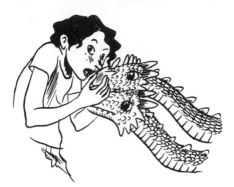

Le secret de Cham

Une semaine s'est écoulée. Les dragonneaux sont à présent aussi gros que des veaux. Ils avalent chacun plusieurs kilos de viande crue par jour. Antos doit abattre quotidiennement un gros mouton de son élevage pour les rassasier.

C'est toujours Cham qui leur apporte leur repas. Revêtu de sa combinaison à capuchon, les mains gantées de cuir, chaussé de lourdes bottes, il entre sans peur dans la cage. Toutefois, Cham ne se contente plus de nourrir leurs féroces pensionnaires. Il s'occupe désormais de leur entraînement. Aussi, Antos le surveille de loin. Malgré ses vêtements protecteurs, le garçon n'est pas totalement à l'abri d'une morsure ou d'un jet de flamme.

Oh, il sait s'y prendre ! Il jette d'abord les lambeaux de viande aux deux affamés. Lorsque les dragons sont repus, ils sont plus calmes.

Cham attend donc qu'ils aient englouti leur ration avant de les approcher. Il se met alors à jouer avec eux. Il les fait courir en leur lançant des bâtons, comme s'il s'agissait de jeunes chiens. Le plus extraordinaire, c'est que les petits dragons semblent beaucoup s'amuser ! Ils sautent déjà aisément sur la plateforme la moins élevée. Pour en redescendre, en revanche, ils se montrent encore assez pataubs : leurs battements d'ailes sont maladroits, et l'atterrissage est souvent brutal. Il n'empêche ! Ils font de rapides progrès.

Quand ils ont assez joué, tous les trois, Cham s'adresse aux bêtes à voix basse. Que leur dit-il ? Antos a beau tendre l'oreille, il n'arrive pas à saisir le moindre mot.

Cham ose même parfois gratter les crânes écailleux. Les dragonneaux ont l'air d'apprécier : ils allongent le cou et poussent des grognements satisfaits.

Un matin, Cham entraîne Un et Deux à sauter. Il les encourage de la voix, court autour d'eux, mouline des bras :

– Allez ! Allez !

Cette fois, Antos s'apprête à intervenir : le garçon prend trop de risques ! Si les dragonneaux sont excités, n'importe quoi peut arriver…

À ce moment-là, Deux – celui qui a les yeux dorés – ouvre les ailes et réussit à se poser sur la plus haute plateforme.

– Oui ! Bravo ! s'exclame Cham en bondissant de joie.

Le dragonneau, sans doute très content de lui, pousse un rugissement et crache un vrai jet de flammes. Antos étouffe un cri. Par chance, Cham s'est reculé à temps. Non seulement il n'a pas l'air effrayé, mais, en plus, il rit !

Antos secoue la tête. Il est plus que jamais fier de son fils. Malgré tout il songe : «Ces bêtes ne vont pas tarder à prendre leur essor. Les maintenir enfermées ici plus longtemps serait une imprudence…»

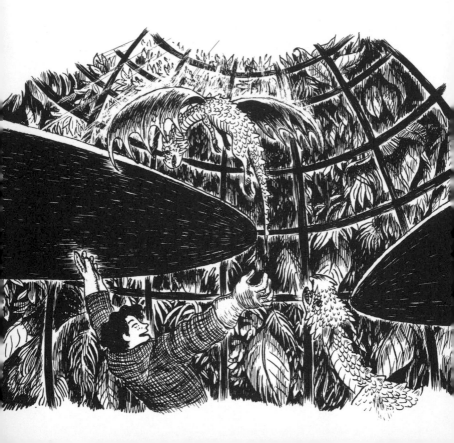

Le soir, au souper, le Grand Éleveur déclare :

— Un et Deux se sont développés très vite. C'est maintenant à leurs dragonniers de s'occuper de leur éducation. Je vais envoyer un message au château pour avertir le Maître Dragonnier qu'ils sont prêts.

Cham gémit :

— Oh non ! Pas déjà !

— Voyons, Cham ! Le roi attend depuis neuf ans. Deux jeunes dragonniers ont achevé leur formation, il leur faut des montures.

Le garçon baisse le nez vers son assiette. Il savait que ce moment arriverait, mais il n'avait pas imaginé que cela lui ferait autant de peine.

Nyne demande :

— Moi, je peux garder Vag, hein, papa ?

— Bien sûr ! Du moins, pour l'instant. Si, en grandissant, il devenait méchant ou trop encombrant, on…

— Méchant, Vag ? se récrie la petite fille. Impossible ! Tu ne vois pas comme il est gentil ? Et puis, il ne grandit presque pas.

C'est moi qui l'ai sauvé, je le garderai… tant qu'il voudra rester avec moi !

Cham s'agite sur sa chaise. Il aimerait tellement convaincre son père de ne pas se séparer si tôt des deux dragonneaux !

Enfin, il se lance :

– Papa… Un et Deux sont forts, c'est vrai. Pourtant, ils ne savent pas vraiment voler. En les entraînant encore quelques jours, je suis sûr que je réussirai à… Oh, papa, s'il te plaît !

Antos regarde son fils avec gravité :

– Tu y tiens tant que ça ?

– Oui, souffle le garçon.

– Je suis heureux de voir que tu aimes ce métier, Cham. Tu vas devenir un excellent éleveur de dragons, j'en suis convaincu. Bon, je t'accorde une semaine, pas un jour de plus. On est d'accord ?

– Oui, papa ! Merci, papa ! Les dragonniers ne regretteront pas d'avoir attendu ; jamais ils n'auront eu de dragonneaux aussi débrouillés, tu verras !

Ce que Cham ne dit pas à son père, c'est qu'il a donné un nom en secret à son préféré, Deux, celui qui a les yeux dorés. Le garçon l'appelle Nour. Il n'a pas le droit, il le sait. Seulement, depuis qu'il s'occupe des dragonneaux, il s'est mis à rêver : il ne deviendra pas éleveur de dragons, comme son père. Non. Lui, plus tard, il sera... dragonnier !

Séparation

Les jours se succèdent. Cham passe presque tout son temps dans la cage des dragonneaux. Maintenant, ils atteignent tous deux la plus haute plateforme d'un seul coup d'ailes et réussissent parfois de petits vols planés. Des deux, c'est Nour le plus adroit! Constatant ses progrès, le garçon mijote un projet complètement fou… Aura-t-il le temps – et l'audace – de le réaliser?

Antos, lui, se félicite d'avoir accédé à la demande de son fils. Le roi le paiera davantage pour des dragons déjà entraînés. Antos envisage d'entreprendre des travaux dans sa maison, d'acheter quelques vaches et de se procurer des livres pour ses enfants, qu'il instruit lui-même. Or, acheminer sur l'île, par bateau, des bêtes et du matériel coûte cher. Et, surtout, le Grand Éleveur est émerveillé d'avoir un fils aussi doué ! Car, pas de doute, Cham a un don : il communique avec les dragons. Lorsqu'il leur parle, sa voix de jeune garçon prend une tonalité plus rauque, plus grave. Les bêtes ont l'air de le comprendre, et même de… oui, de l'aimer ! En supposant que des dragons puissent avoir des sentiments…

Voyant comme son fils sait se débrouiller, Antos, rassuré, le surveille de moins en moins. D'ailleurs, cela l'arrange ; ces jours-ci, il n'a guère le temps : il doit tondre ses moutons. La cargaison de laine partira sur le bateau qui, bientôt, emportera les dragon-neaux.

Un après-midi, Nyne aide son père. Elle ramasse les toisons qui tombent sous la tondeuse, et en remplit des sacs. Vag trottine entre les pattes des moutons, il renifle la laine avec curiosité.

Antos fait remarquer en souriant :

— On dirait qu'il est plus vigoureux, ton petit Vag !

— Oh oui ! C'est parce que j'ai enfin trouvé ce qu'il aime : je lui prépare des bouillies d'algues écrasées. Il en est très gourmand ! N'est-ce pas, Vag ?

La bestiole lève vers la petite fille son regard bleu et chantonne :

— Hrummmm ! Hrumm, hrummm !

Quoique le drôle d'animal n'ait pas beaucoup grandi, il est trop à l'étroit dans son hamac en torchon. Alors, Nyne le laisse de plus en plus souvent courir, en le surveillant du coin de l'œil. D'ailleurs, Vag ne va jamais bien loin.

Le travail terminé, Nyne descend se promener sur la plage. Elle a posé Vag à ses pieds, et il gambade sur les galets. Mais voilà que, brusquement, il court vers l'eau, si vite que Nyne n'a pas le temps de le rattraper. Désespérée, elle le voit plonger, la tête la première, dans l'écume.

Elle appelle :

— Vag ! Vag ! Reviens !

Hélas, Vag a disparu !

Nyne avait beau s'y attendre, elle sent son cœur se gonfler d'un énorme chagrin. Elle s'assied sur un rocher et pleure à gros sanglots.

Le soir descend, c'est bientôt l'heure du dîner. Le Grand Éleveur appelle ses enfants. Cham entre dans la cuisine et va se laver les mains à l'évier.

— Où est ta sœur ? demande Antos.

— Elle n'est pas là ? s'étonne Cham.

Son père se souvient alors que, après l'avoir aidé à la tonte, la petite fille a pris le chemin de la falaise.

— Ça fait un bon moment qu'elle est descendue sur la plage, avec son protégé.

— Oh… ! lâche Cham.

Si sa sœur n'est pas revenue à cette heure, c'est qu'il a dû lui arriver quelque chose. Et le garçon croit deviner quoi. Il dit :

— Ne t'inquiète pas, papa ! Je vais la chercher.

Cham dévale le sentier de la falaise. Lorsqu'il arrive sur le rivage, il aperçoit une petite silhouette claire, recroquevillée sur un rocher noir.

Il s'approche, prend la main de sa sœur dans la sienne.

– Il est parti, hein ! constate-t-il doucement.

La fillette hoche la tête en silence.

– Allez, viens ! Papa nous attend.

Ils repartent tous les deux. La pente est
rude, pour remonter. Cham, le souffle court,
tente de trouver des mots de consolation :

– Ne sois pas triste, Nyne ! Sans toi, Vag
serait mort. Il ne serait jamais sorti de son
œuf. Il est heureux, maintenant. Il est vivant,
il est libre ! Et, tu vois, c'était bien une créature de la mer.

La petite fille renifle. Elle murmure :

– Il y a longtemps que je l'ai compris :
j'ai trouvé son œuf sur la plage ; il se nourrit
d'algues ; il a des pattes palmées comme les
oiseaux de mer et un corps lisse comme
celui des poissons… Pourtant, j'aurais tant
voulu le garder !

– Moi aussi, je vais être obligé de me
séparer de Un et de N…

Le garçon se reprend de justesse :

– … de Un et de Deux ! Moi aussi, je
voudrais les garder.

— Ce n'est pas pareil, marmonne sa sœur. Eux, ils vont devenir énormes. Et tu savais depuis le début qu'ils ne resteraient pas.

Puis elle soupire :

— Tout de même, je suis contente que Vag ne soit pas un dragon. Je n'aurais pas aimé qu'il soit dressé par un dragonnier pour devenir une bête de combat !

Les deux enfants sont parvenus en haut de la falaise. Au-dessous d'eux, la mer, dorée par le soleil couchant, scintille à perte de vue, jusqu'à l'horizon. Nyne se demande : « Où est Vag, à présent ? » Et, soudain, elle pense à sa mère, disparue dans les flots, elle aussi. Dhydra ne reviendra jamais ; alors que Vag, lui, qui sait… ?

La petite fille supplie tout bas :

— Vag ! Oh, Vag, je t'en prie, ne m'oublie pas !

Un long chuchotement lui répond :

— Hrummm ! Hrumm, hrummmm… !

Mais ce n'est que le bruit des vagues déferlant sur les galets.

Désobéissance

Pour Cham, les jours passent trop vite. La semaine est presque écoulée. Antos a déjà préparé le message qu'il enverra au roi :

Deux beaux spécimens de dragons,
prêts à être dressés.
Le Grand Éleveur

Un matin, après le petit déjeuner, le garçon voit son père se diriger vers la tour bâtie sur un promontoire rocheux. Son cœur se serre, le moment qu'il redoutait est arrivé : dans cette tour, Antos élève un couple d'alcyons voyageurs. Ces grands oiseaux au vol rapide portent le courrier entre l'île et le château royal. Cham n'a plus beaucoup de temps. Il faut qu'il mette son projet à exécution. Ce qu'il va faire est strictement interdit, il en est conscient. Tant pis, il en a trop envie ! Heureusement que son père ne le surveille plus lorsqu'il s'occupe de leurs pensionnaires…

Résolu, le garçon attend qu'Antos soit parti récolter ses pommes de terre, dans un champ derrière la maison, et il se prépare à tenter ce dont il rêve depuis plusieurs jours.

Il revêt sa combinaison de cuir, ajuste la capuche, enfile ses gants, chausse ses bottes : cette protection va lui être plus que jamais nécessaire… Maintenant, il lui faut nourrir les dragonneaux.

Dès que ceux-ci sont repus, Cham s'approche de Nour. Il lui gratte le crâne, selon son habitude, en susurrant de douces paroles :

– Là, là ! Tu es un beau dragon, tu sais ! Et tu es devenu fort ! Tu atteins d'un seul coup d'ailes la plus haute plateforme, et tu en redescends en planant. Tu es capable de voler, j'en suis sûr !

Le dragonneau cligne des paupières et incline un peu la tête, attentif.

Soudain, Cham lui passe autour du cou des rênes de cuir, qu'il a fabriquées en secret. Tirant le jeune dragon par la bride, il l'entraîne hors de la cage. Il referme vite la porte derrière lui, pour que Un ne s'échappe pas. Puis il prend son élan et saute sur le dos de la bête. Il se penche et lui souffle à l'oreille :

— Vole, Nour ! Vas-y ! Vole !

L'animal n'est pas encore assez fort pour porter un vrai dragonnier. Mais Cham n'a que dix ans, il est léger…

— Vole ! insiste le garçon. Allez, vole !

Nour ne bouge pas. Sans doute est-il étonné de sentir ce poids sur son dos ; peut-être même est-il apeuré de se retrouver à l'extérieur, avec tout cet espace autour de lui. Immobile, crispé, il lâche par les narines de petits nuages de fumée.

Cham ne sait pas trop comment s'y prendre. Doit-il frapper les flancs de la bête à coups de talons, ainsi qu'on le fait pour lancer un cheval au galop ?

Il essaie, attend un peu, recommence plus fort. Rien ne se passe.

Le garçon s'apprête à remettre pied à terre, déçu.

À cet instant, le dragonneau frémit. Il avance d'un pas, d'un autre. Va-t-il s'envoler ? Non, il s'arrête.

Soudain, il s'accroupit, prend appui sur ses pattes arrière et, d'un coup, il déploie ses ailes et décolle ! Cham n'a que le temps de s'accrocher à son cou pour ne pas être éjecté.

— Aaaaaaaaaaaaaaaah ! s'égosille-t-il.

Il ignore lui-même si c'est un cri de panique ou de triomphe.

Le jeune dragon s'élève, à grands battements d'ailes. C'est effrayant ! C'est... C'est grisant ! Cham sent le vent sur sa peau, dans ses cheveux. Le garçon et sa monture montent, montent encore...

Brusquement, Nour pique vers le sol. Cham tire sur les rênes de toutes ses forces en hurlant :

– Pas si vite ! Pas si... Nouououour !
Nooooon !

Il n'arrive pas à contrôler le dragonneau.
Celui-ci agite les ailes n'importe comment,
remonte un peu, redescend. Pour finir, il
dégringole droit vers la maison avec un
rugissement affolé. D'un mouvement de
queue, il évite de peu la toiture et s'écrase au
beau milieu de la cour, en dérapant sur le
gravier. Cham roule sur le sol. Il se relève,
meurtri, couvert de poussière, au moment où
son père surgit, alerté par le bruit.

D'un geste vif, Antos saisit la bête par la
bride. Il foudroie son fils du regard :

– Cham ! Tu... Tu as chevauché un
dragonneau ! Tu sais pourtant que c'est
interdit ! Pour qui te prends-tu ? Nous
sommes éleveurs de dragons, pas...

Regardant son père bien en face, le
garçon lui coupe la parole :

– Mais moi, papa, je veux devenir
dragonnier !

Antos écarquille les yeux, estomaqué.
Puis il déclare sèchement :

– On en reparlera plus tard, jeune homme! En attendant, va donc nettoyer l'auge des cochons! Ça te remettra les idées en place!

Le Grand Éleveur examine le dragonneau du bout du museau à l'extrémité de la queue. Celui-ci se laisse faire, un peu estourbi par sa chute. Il a perdu quelques écailles et s'est arraché une griffe; rien de grave, elles repousseront.

Antos grommelle:

– Encore une chance qu'il ne se soit pas brisé une patte!...

Et il ramène Deux dans la cage en marmonnant:

– Dragonnier, voyez-moi ça! Décidément, ce garçon a hérité des folles idées de sa mère!

Cham, qui se dirige vers la porcherie, la tête basse, n'a pas entendu. Il n'a pas vu non plus le curieux sourire qui éclaire le visage de son père, un sourire plein de tendresse et de mélancolie.

Pendant ce temps, très haut dans les nuages, un alcyon voyageur franchit l'océan de son vol majestueux. Il se dirige vers la tour des Courriers, à l'angle du donjon royal, où un guetteur l'attend. Dans un tube d'argent accroché à sa patte gauche, il porte le message du Grand Éleveur.

Le départ

– Te rends-tu compte de ce que tu as fait, Cham ?

La journée de travail terminée, Antos a emmené son fils sur le chemin de la falaise pour lui parler seul à seul.

Le garçon baisse le nez sans répondre.

– Si cette bête s'était cassé le cou ou déchiré une aile, quelle explication aurais-je fournie au roi ? Et crois-tu que notre suzerain me laisserait la charge de Grand Éleveur s'il apprenait que j'ai laissé mon propre enfant chevaucher un dragonneau ?

— Pardon, papa, bredouille Cham. Je... je n'ai pas pensé à ça.

Antos soupire et demeure un moment silencieux, le regard fixé sur l'horizon. Les derniers rayons du soleil allument des reflets d'or sur la mer. Le vent fraîchit. Cham frissonne et se dandine d'un pied sur l'autre ; ce silence le met mal à l'aise. Il voudrait exprimer ce qu'il a éprouvé, lorsqu'il s'est élevé dans les airs, sur le dos de Nour ; raconter comme il se sent heureux en compagnie des jeunes dragons. Mais il ne trouve pas les mots. Et il a peur de réveiller la colère d'Antos.

Or, à sa grande surprise, il entend son père demander :

— Alors, comme ça, tu veux devenir dragonnier ?

Le garçon en reste muet. Finalement, il souffle :

— Oui, papa !

Antos hoche la tête. Un long moment, il contemple l'océan sans rien dire. Puis il se tourne vers son fils et déclare, d'une voix lente et grave :

– C'est bien, petit. Cela aurait plu à ta mère…

Deux jours plus tard, un navire royal jette l'ancre dans la baie. Des valets, revêtus d'une combinaison de cuir marquée du blason de la dragonnerie royale, accostent dans une barque. Ils apportent une solide cage de fer, qu'ils hissent jusqu'à la porte de l'enclos. Il n'y a plus qu'à y faire entrer les dragonneaux.

Un se laisse pousser dans la cage sans trop de difficulté. Quant à Deux, c'est une autre histoire ! Il s'est perché d'un coup d'ailes sur la plus haute plateforme et refuse obstinément d'en descendre.

– Essayez de l'attirer avec ceci, propose Antos en tendant un morceau de viande crue à l'un des valets.

L'homme s'approche de la plateforme, il agite l'appât du bout des doigts. Le dragonneau pousse un rugissement féroce et crache un long jet de feu. Le valet n'a que le temps de sauter en arrière.

Cham ne peut s'empêcher de crier :

– Bravo, N… Deux !

Son père lui lance un regard courroucé, et Nyne pouffe de rire. Pour une fois, elle trouve le jeune dragon très sympathique !

– Bon, lance l'homme à ses collègues, utilisons les piquoires !

– Les piquoires ? répète Cham, inquiet. Qu'est-ce que c'est ?

– Ce sont de longues perches armées de crochets, qui se glissent sous les écailles, lui explique son père. On s'en sert pour diriger les dragons récalcitrants.

– Oh non ! Ils vont le blesser !

Le garçon se faufile dans l'enclos. Avec autorité, il ordonne aux valets :

– Reculez ! Laissez-moi faire ! Moi, il me connaît.

Les hommes commencent à protester, mais Antos intervient :

– Mon fils a raison. Laissez-le faire !

Cham s'avance vers la plateforme sur laquelle le dragonneau s'est réfugié, et il appelle doucement :

— Viens ! Viens, mon beau ! On ne te fera pas de mal ! On t'emmène au château du roi, car tu seras bientôt un grand dragon. Viens ! Allez, viens !

Alors, sous les yeux des valets médusés, Deux ouvre les ailes. Il plane jusqu'au sol et vient toucher de son museau la paume tendue de Cham. Le garçon lève la main, grattouille le crâne écailleux. Puis il conduit la bête dans la cage et referme la porte.

Les yeux pleins de larmes, il dit aux envoyés du roi :

– Voilà. Vous pouvez les emmener…

Quelques instants plus tard, la barque retourne vers le navire. La cage où sont enfermés les jeunes dragons est hissée à bord.

Antos, Cham et Nyne observent la scène depuis le ponton. Antos a passé un bras autour des épaules de son fils. Il devine combien c'est dur, pour le garçon. Il tente de le réconforter un peu :

– Dans moins de quatre années, Cham, tu auras quatorze ans, l'âge de commencer ta formation. Si tu le désires encore, tu partiras au château du roi, sur un bateau comme celui-là. Et, dans neuf ans, à condition que le Maître Dragonnier t'en juge digne, tu pourras entrer dans la caste des dragonniers. Dans neuf ans, il y aura de nouveaux œufs sur l'île. L'un d'eux contiendra ton dragon, celui à qui tu donneras un nom.

« J'aurai le droit de le faire, alors ! » pense Cham.

Et, ravalant ses larmes, il s'efforce de sourire.

Une bonne brise souffle du large. Le navire royal s'éloigne, toutes voiles déployées. En haut du grand mat claque un drapeau blanc et or, orné d'un dragon rouge : l'emblème des dragonniers.

Une apparition

La vie a repris son cours, sur l'île. Antos se consacre aux travaux de la ferme. Les enfants l'aident en rêvant au jour où deux ou trois dragonnes sauvages reviendront pondre leurs œufs sur l'île. Dans neuf ans !

Les jours passent ; l'été s'achève. C'est l'époque des tempêtes. Antos est d'humeur sombre. Les enfants savent pourquoi : il pense à son épouse, Dhydra.

Un soir que le vent hurle plus fort que jamais, Nyne et Cham jouent aux dominos près de la cheminée. Mais la petite fille a la tête ailleurs. Soudain, elle interroge son frère :

— Tu t'en souviens, toi, de notre maman ?

Cham hausse les épaules :

— Pas très bien. Je n'avais que deux ans quand elle est morte. Elle était belle. Je revois un visage très blanc et de longs cheveux noirs. Elle me chantait des chansons pleines de mots que je ne comprenais pas, comme ceux d'une langue étrangère. Quelquefois, je crois entendre encore sa voix. Puis, aussitôt, elle m'échappe, et ça me rend malheureux.

Cham se tait. Sa sœur lui prend la main et la presse doucement.

Chaque jour, qu'il pleuve ou qu'il vente, Nyne retourne sur la plage de galets. Elle scrute la mer. Parfois, elle croit apercevoir Vag. Hélas, ce n'est qu'un poisson ou un ruban d'algue flottant entre deux eaux.

Vag est parti, les dragonneaux sont partis. Seules les vagues chuchotent en mourant sur les galets :

— Hrummm ! Hrumm, hrummmm… !

Or, un matin, un curieux silence réveille Nyne : dehors, il n'y a plus un souffle de vent. Bien qu'il soit très tôt, la petite fille se lève, s'habille chaudement et quitte la maison sans bruit. Un espoir fou accélère les battements de son cœur : il lui semble que, depuis la mer, quelque chose l'appelle…

L'île est enveloppée de brouillard. Nyne suit le sentier qui descend de la falaise. Arrivée sur la plage, elle s'arrête. Elle perçoit le bruit des vagues, mais elle ne voit rien tant la brume est épaisse.

Puis l'air s'éclaircit un peu, et Nyne croit rêver.

De la mer émerge une tête grise au bout d'un long cou ondulant. L'apparition s'avance lentement.

— Vag…, souffle la fillette.

Non, ça ne peut pas être lui ! C'est… beaucoup trop gros !

Pourtant, deux yeux d'un bleu profond se posent sur Nyne, et une voix qu'elle reconnaît se met à fredonner :

– Hrummm! Hrumm, hrummmm!

La petite fille sent un immense bonheur exploser dans sa poitrine. Elle murmure tendrement:

– Vag! Mon petit Vag! Comme tu es devenu grand! Pourquoi es-tu parti, méchant?

– Hrummm! Hrumm, hrummmm…, répond Vag.

Et, dans la tête de Nyne, de vrais mots retentissent, des mots qu'elle comprend: «Je devais partir pour grandir, petite fille! Une vague de fond avait emporté mon œuf loin du nid. La marée l'a déposé sur cette plage où tu l'as trouvé. Sans toi, je ne serais jamais né!»

La fillette est sidérée. Tout intimidée, elle demande:

– Es-tu une sorte de… dragon-poisson?

«Je suis un élusim, une créature qui vit dans les grands fonds. Les jours de tempête, nous remontons à la surface pour venir en aide aux navires en détresse. Lorsque des marins nous aperçoivent, avec nos longs

cous, ils nous prennent pour des serpents de mer ! »

Nyne avance la main pour caresser le museau gris qui se tend vers elle :

– Tu vas repartir, alors ? Je ne te reverrai plus ?

Elle entend un rire, léger et joyeux comme de l'eau qui coule :

– Qui sait, Nyne ? Qui sait ?

Puis Vag se détourne, plonge dans l'écume et disparaît.

Ce soir-là, tandis que les enfants montent l'escalier pour aller se coucher, un chandelier à la main, Nyne demande à son frère :

– Tu es sûr que tu veux devenir dragonnier, plus tard ?

– Oh oui ! répond-il.

Ses yeux étincellent dans la lumière des bougies.

La petite fille soupire :

– Alors, dans quatre ans, tu partiras. Et moi, je resterai sur l'île…

Elle hésite. Va-t-elle confier à Cham la

chose extraordinaire qui vient de lui arriver? Qu'elle a revu Vag, qu'il est un élusim, une créature marine, et qu'elle a *parlé* avec lui?

Non, le garçon ne la croirait pas, il prétendrait qu'elle a rêvé, il se moquerait peut-être... Nyne préfère garder son secret.

Arrivée devant la porte de sa chambre, elle lance avec malice:

– Bonne nuit, Monsieur le Grand Dragonnier!

Cham réplique d'un air narquois:

– Bonne nuit, Mademoiselle la Petite Cachottière!

– Quoi?

– Oh, ne fais pas l'innocente! C'était Vag, hein, cette énorme bête qui sortait la tête de l'eau, tout à l'heure? J'étais en haut de la falaise; j'ai eu une de ces frousses! J'ai cru qu'un serpent de mer allait t~ manger toute crue!

Nyne lance à son frère un regard

– Alors, tu... Tu l'as vu?

– Eh oui !

La petite fille reste un instant silencieuse, puis elle souffle :

– S'il te plaît, Cham, n'en parle pas à papa ! Promets-le-moi !

– Pourquoi ?

– Il me semble que… ça lui ferait peur, je ne sais pas pourquoi. Ce sera notre secret, tu veux bien ?

Le garçon paraissant hésiter, elle ajoute :

– Sinon, je lui dirai que tu avais donné un nom à ton dragon !

Cette fois, c'est à Cham de s'exclamer :

— Quoi ?

— Parfaitement ! Quand vous tombiez en vrille, tous les deux, du haut du ciel, tu as crié : « Nour ! » Une chance que papa n'ait pas entendu !...

Cham hésite entre rire et se fâcher. Enfin, il déclare :

— Bon, d'accord ! Je ne parle pas de Vag ; et toi, tu restes muette sur Nour.

Songeur, il ajoute :

— Dans quatre ans, quand je deviendrai apprenti dragonnier, tu crois qu'il se souviendra de moi ?

La petite fille hausse les épaules :

— Comment veux-tu que je le sache ? Moi, les dragons...

D'en bas, la voix de leur père les interpelle soudain :

— Qu'est-ce que vous fabriquez, à bavarder dans l'escalier ? Il est tard, les enfants. Allez vous coucher !

— Oui, papa ! crient-ils ensemble.

Rentré dans sa chambre, Cham tire de dessous son oreiller un gros livre qu'il a emprunté en cachette dans la bibliothèque de son père. Il s'intitule *L'entraînement des dragonniers*. Le texte est trop difficile pour un garçon de son âge, mais les images… Elles sont fascinantes ! Cette nuit, Cham rêvera encore qu'il traverse les nuages sur le dos d'un dragon aux yeux d'or…

Nyne, elle, a posé le chandelier sur sa table de nuit. Avant de se mettre au lit, elle s'accoude un moment au rebord de sa fenêtre. Les premières étoiles s'allument dans le ciel. C'est l'heure où la mer est haute. La petite fille tend l'oreille ; elle entend :

– Hrummm ! Hrumm, hrummmm… !

N'est-ce vraiment que le bruit des vagues roulant sur les galets ?

Retrouve vite Cham et Nyne
dans la suite des aventures de

Tome 2
Le plus vieux des dragonniers

Depuis trois jours, c'est la tempête. D'énormes vagues s'écrasent contre les falaises, et l'île tout entière résonne sous leurs coups furieux. Jamais les marées d'équinoxe n'ont été aussi violentes.

Antos et ses enfants ne sortent de la maison que pour s'occuper des bêtes. Nyne et Cham portent leur nourriture aux poules et aux cochons ; leur père se charge des brebis, réfugiées dans la bergerie. Il trait aussi deux des vaches qu'il a pu acheter grâce à son dernier salaire de Grand Éleveur et qu'un bateau lui a amenées récemment. La troisième aura bientôt un veau.

Le matin du quatrième jour, au petit déjeuner, Cham fait remarquer :

— On dirait que le vent hurle moins fort.

— Oui, dit Antos. Le temps devrait s'améliorer.

— Alors, intervient timidement Nyne, je pourrai descendre sur la plage ?

La petite fille en a assez de rester enfermée à longueur de journée. Mais, surtout, elle a très envie d'aller regarder la mer. Qui sait ? Si Vag venait lui rendre visite ? Il ne craint pas la tempête, lui ! Quand ils ont *parlé* en pensée, il a expliqué à Nyne que les élusims venaient en aide aux navires en détresse. Son petit Vag, qui est devenu si grand !

— On verra, répond Antos. Cet après-midi, peut-être…

Un choc sourd ébranle alors les murs de la maison, comme si une masse gigantesque venait de s'abattre à proximité. Aussitôt monte un hurlement rauque, un cri affreux, qui s'achève sur une note aiguë, prolongée, insupportable.

– Qu'est-ce que c'est? balbutie Nyne, toute pâle.

Un instant elle a imaginé Vag, projeté contre la falaise par une lame monstrueuse, et gisant, le dos brisé, sur le rivage.

Antos s'est levé d'un bond:

– Ça ne peut pourtant pas être une…

Il s'interrompt, l'air perplexe.

– Une quoi, papa? l'interroge Cham.

Son père secoue la tête sans répondre. Il va décrocher sa pèlerine, suspendue à une patère, et déclare:

– Je vais voir. Restez là, les enfants!

– Oh non!

– On sort avec toi!

Ils ont protesté en même temps et se dépêchent de s'emmitoufler.

– Bon, d'accord. À condition que vous vous teniez derrière mon dos.

Le frère et la sœur acquiescent en emboîtant le pas à leur père.

Tous trois sortent de la maison. Une rafale de vent les gifle en pleine face. Ils avancent, tête baissée sous leurs capuchons.

La cour est vide. Le pré, derrière la ferme, est vide aussi. De nouveau, le hurlement retentit. C'est un appel si pitoyable, si chargé de détresse et de souffrance qu'il glace le sang.

— Ça vient de là ! s'écrie Cham.

Le garçon désigne le bord de la falaise. Derrière un bloc de rochers, à l'endroit où le sentier fait un coude, on devine une forme verdâtre, qui remue faiblement.

— Ne bougez pas ! ordonne Antos. Laissez-moi faire.

L'éleveur de dragons s'approche à pas prudents. Lorsqu'il arrive à proximité du rocher, une sorte de voile sombre se déploie, claque dans les airs et retombe sur le sol.

— Aaaah ! crient les enfants en reculant, apeurés.

Leur père continue d'avancer. La chose

remue encore, elle émet un gémissement plaintif. Antos est tout près d'elle, maintenant. Cham et Nyne le voient s'accroupir, tendre la main. Puis il se met à parler. De là où ils sont, avec le vent qui leur siffle aux oreilles, les enfants n'entendent pas ce qu'il dit.

— C'est une bête…, suppose Nyne. Une bête tombée du ciel.

— À moins que ce soit…, commence Cham.

Sa sœur l'interroge du regard. Comme il n'ajoute rien, elle insiste :

— Que ce soit quoi ?

À cet instant, leur père revient vers eux. Il paraît totalement déconcerté.

— Je n'y comprends rien, déclare-t-il. En cette saison…, je n'avais jamais vu ça !

— Alors, papa ? le presse Cham. Qu'est-ce que c'est ?

Antos écarte les bras et lâche :

— C'est un dragon ! Ou plutôt une dragonne…

Les dragons de Nalsara